LE CHANT
DE LA CARPE

GHÉRASIM LUCA

LE CHANT DE LA CARPE

4e édition

RIEN DE COMMUN

JOSÉ CORTI

LA PREMIÈRE ÉDITION DU *CHANT DE LA CARPE*
A ÉTÉ PUBLIÉE EN 1973 PAR LE *SOLEIL NOIR*.

Le programme des parutions et le catalogue général sont en ligne sur :

www.jose-corti.fr

N° d'édition : 2064
ISBN : 978-2-7143-0143-7

QUART D'HEURE

DE CULTURE MÉTAPHYSIQUE

Allongée sur le vide
bien à plat sur la mort
idées tendues
la mort étendue au-dessus de la tête
la vie tenue de deux mains

Élever ensemble les idées
sans atteindre la verticale
et amener en même temps la vie
devant le vide bien tendu
Marquer un certain temps d'arrêt
et ramener idées et mort à leur position de départ
Ne pas détacher le vide du sol
garder idées et mort tendues

Angoisses écartées
la vie au-dessus de la tête

Fléchir le vide en avant
en faisant une torsion à gauche
pour amener les frissons vers la mort
Revenir à la position de départ
Conserver les angoisses tendues
et rapprocher le plus possible
la vie de la mort

Idées écartées
frissons légèrement en dehors
la vie derrière les idées

Élever les angoisses tendues
au-dessus de la tête
Marquer un léger temps d'arrêt
et ramener la vie à son point de départ
Ne pas baisser les frissons
et conserver le vide très en arrière

Mort écartée
vide en dedans
vie derrière les angoisses

Fléchir la mort vers la gauche
la redresser
et sans arrêt la fléchir vers la droite
Éviter de tourner les frissons
conserver les idées tendues
et la mort dehors

Couchée à plat sur la mort
la vie entre les idées

Détacher l'angoisse du sol en baissant la mort
en tirant les idées en arrière
pour soulever les frissons
Marquer un arrêt court
et revenir à la position de départ
Ne pas détacher la vie de l'angoisse
Garder le vide tendu

Debout
les angoisses jointes
vide tombant en souplesse
de chaque côté de la mort

Sautiller en légèreté sur les frissons
à la façon d'une balle qui rebondit
Laisser les angoisses souples
Ne pas se raidir
toutes les idées décontractées

Vide et mort penchés en avant
angoisses ramenées légèrement fléchies
devant les idées

Respirer profondément dans le vide
en rejetant vide et mort en arrière
En même temps
ouvrir la mort de chaque côté des idées
vie et angoisses en avant
Marquer un temps d'arrêt
aspirer par le vide

Expirer en inspirant
inspirer en expirant

LA PAUPIÈRE PHILOSOPHALE

Bien au-delà du peu
la peau et l'épée
lapent
l'eau ailée
du petit pire

Toupie d'une peur idéale
épi à pas de pou
appât
ou pâle pet de pétale

La vie dupe la fille du vite

Tapis doux
où les fées filent
les feux muets
d'un rien de doute

L'effet est fête
faute hâte
écho et cause

Muer le vil métal
en pot-au-feu d'or mental
étale
un métapeu de métatout :

œufs de tatou...

mythes dormants...

haute île en air...

Mi-métamoi mi-métatoi
le métanous nous étoile

Le mot « pied » ose
le mot « pierre » s'use
tout colle

Tout est foutu
touffu
fétu

faux
défi
défaut
fou

Peau fine
paupière finale
foetale
fatale
philosophale

LE VERBE

Sous des dentelles soudées
au nom de l'Occident

la brûlante morsure des mots

oxyde...
...dent

Or

la faculté de dire non

à cette rencontre

accule l'ascète du contre

à rendre

au sein même de l'extase

un culte aux synthèses :

j'aime...

...mourir

mais de rire...

...de fou rire

A ce carrefour
qui est four alchimique

des gestes
des jets
des jeux

et des tics

nos corps miment la vie sourde

ou absente

de n'importe quel mot

que seul l'absurde

— piège ou porte —

jamais le comique

hante

Sous les regards hagards
du témoin oculaire

(son nom ? Glissez-glissez-à-votre-tour)

ces lieux occultent la belle Occidentelle

qui

sur le thème « hélas ! hélas ! »

danse

aux confins d'un Moi

de plus en plus élastique

la fin de toute densité...

l'ample faucon d'air...

les ailes du doute...

une hélice...

C'est ainsi que Glissez-glissez-à-votre-tour

voit monter sur la scène

la Pure-lâcheté-de-s'enfuir-
précipitamment-
devant-l'absence-de-danger

suivie de près par son double

la honte et la voie

figurées ici
telle la vraie vie sous le voile d'Isis
par un figuier qui rève

Sans amour ni haine
un trou la poursuit :

c'est l'Impossible-façon-d'ouvrir-
tout-à-coup-
une-fenêtre-sur-la-pure-violence

qui

sans *a* en « tout-à-coup »

pousse des cris d'effroi

alors que sans *n* dans la « violence »

décrit à froid un viol qui lasse

Se laissant guider par le *vent*

qui pend dans « devant »

et prenant comme *cible*

la fin de l' « impossible »

d’un bond précis

la Pure-lâcheté-de-s'enfuir-
précipitamment-
devant-l'absence-de-danger

se lance

dans l'idée de *précipice*

que « précipitamment » anticipe

Vertigineux et immonde

ce mot ose encore faire

le récit en vers de la hantise

qui gît au fond des cœurs

mais du corps de l'adverbe même

l'*amant* s'évade

vers l'envers des choses

où

ombre d'une rade seconde

il tombe

dans les bras du Pouvoir-retirer-
l'espace-aux-volumes

comme

comme la sève d'un nœud sur une tige

Mais

tel un son

qui sous l'eau nage

sans repère

les autres personnages font chœur

contre leur étreinte

qui est oui et non pas contre

qui est pacte d'un oui avec oui

vacuité

ouité ouitante

ouifiante ouirritante et ouificatrice

et d'un rire âcre

qui traduit chez eux

la quiétude d'une chaise en acte

ils la dépouillent

Une lettre

c'est l'être lui-même

mais qu'est-ce un « pouvoir » sans *pou*

sinon une façon de *voir*

luire

sur la caisse scellée

de l'Impossible-façon-d'ouvrir-
tout-à-coup-
une-fenêtre-sur-la-pure-violence

les clefs du Pouvoir-retirer-l'espace-aux-volumes

...le *vol* aux « volumes »

...l'oiseau à la langue

C’est le moment où entre en scène

Comment-se-délivrer-de-soi-même

héros principal

pâle prince du délit

celui qui déçoit

qui ment par principe

en un mot

le vrai centre

Devenu Voir-retirer-l'espace-à

(à qui ? peu importe)

l'ex Pouvoir-retirer-l'espace-aux-volumes

a pour devise :

lancer une lance

(c'est de la « pure violence »)

n'importe où

mais il rate les *cibles*

(voire l' « impossible »)

vise une porte

et touche le lit

jamais à la vie de l'*homme*

(de « comment »)

qui y couche

La pure violence de «comment»

dans Comment-se-délivrer-de-soi-même

commence:

il arrache la *hache*

de la « pure lâcheté »

et comme il a hâte

et le sens de l'*ange* du « danger »

d'un coup

coupe le *cou* de « tout à coup »

ou plus précisément

de l'Impossible-façon-d'ouvrir-
tout-à-coup-
une-fenêtre-sur-la-pure-violence
qui

grâce au *vol* volé auparavant aux « volumes »

vole à son propre secours

du moins en apparence

Dans cette course folle

dansée en plein vide

comme les ours

l'Impossible-façon-d'ouvrir-
tout-à-coup-
une-fenêtre-sur-la-pure-violence

lance le *cou* coupé de « tout-à-coup »

à la tête de l'*être* de la « fenêtre »

et de là

(aimant précis)

le colle vite à « ouvrir »

C'est une façon de couvrir « ouvrir »

du moins une de ses faces
celle de l' « Impossible façon » qui
avec une *face* en moins
est moins sûre que le *son*

Sans « façon » face et son s'effacent

comme tout à l'heure « tout à coup »

« volumes »

et « pouvoir »

Est-ce un rite

ou bien une simple façon de voir

en surface

l'allure de l'*être*

que le sein d'une « fenêtre » couve

et couvre

au pied de la lettre

Tout y est :

le *cou* de « couvrir » découvre l'*être*
en « fenêtre »
entr'ouverte

comme un dé
la roue et la hache

Et voilà la Pure-lâcheté-de-s'enfuir-
précipitamment-
devant-l'absence-de-danger

qui recommence :

Comment-se-délivrer-de-soi-même
commet un délit d'être :

il livre son corps aux deux *m*

et aux deux *anses*
qui l'attachent encore à « commence »
ou plus précisément
à Comment-se-délivrer-de-soi-même

mais en tirant des coups de feu

(les coups de l'ex « tout à coup »)

sur tout

et surtout sur soi-même

et sur l'Impossible-façon-d'ouvrir-

tout-à-coup-

une-fenêtre-sur-la-pure-violence

qui

fourrée au centre des cibles

entre par l'*être* de la « fenêtre »

et jette à la face du monde

le gant

le grand rire

(mou comme « mourir » ou comme
les poux qui grouillent dans « pouvoir »
par jets ou par ondes
dont le nom même m'échappe
et plus gras
plus grave que la rare grandeur sur la terre
ou la terreur d'être le rat d'un oui
que le chat d'un non happe)

l'appel d'air du rire

à mourir de fou rire

(mais ce n'était que pour rire)

dans ce four où en coma

Comment-se-délivrer-de-soi-même

danse

et s'éteint devant un témoin ivre

ivre de rien ou d'émoi

Moi Moi Moi

ou bien Glissez-glissez-à-votre-tour

PASSIONNÉMENT

pas pas paspaspas pas
pasppas ppas pas paspas
le pas pas le faux pas le pas
paspaspas le pas le mau
le mauve le mauvais pas
paspas pas le pas le papa
le mauvais papa le mauve le pas
paspas passe paspaspasse
passe passe il passe il pas pas
il passe le pas du pas du pape
du pape sur le pape du pas du passe
passepasse passi le sur le
le pas le passi passi passi pissez sur

le pape sur papa sur le sur la sur
la pipe du papa du pape pissez en masse
passe passe passi passepassi la passe
la basse passi passepassi la
passio passiobasson le bas
le pas passion le basson et
et pas le basso do pas
paspas do passe passiopassion do
ne do ne domi ne passi ne dominez pas
ne dominez pas vos passions passives ne
ne domino vos passio vos vos
ssis vos passio ne dodo vos
vos dominos d'or

c'est domdommage do dodor
do pas pas ne domi
pas paspasse passio
vos pas ne do ne do ne dominez pas
vos passes passions vos pas vos
vos pas dévo dévorants ne do
ne dominez pas vos rats
pas vos rats
ne do dévorants ne do ne dominez pas
vos rats vos rations vos rats rations ne ne
ne dominez pas vos passions rations vos
ne dominez pas vos ne vos ne do do
minez minez vos nations mi mais do

minez ne do ne mi pas pas vos rats
vos passionnantes rations de rats de pas
pas passe passio minez pas
minez pas vos passions vos
vos rationnants ragoûts de rats dévo
dévorez-les dévo dédo do domi
dominez pas cet a cet avant-goût
de ragoût de pas de passe de
passi de pasigraphie gra phiphie
graphie phie de phie
phiphie phéna phénakiki
phénakisti coco
phénakisticope phiphie

phopho phiphie photo do do
dominez do photo mimez phiphie
photomicrographiez vos goûts
ces poux chorégraphiques phiphie
de vos dégoûts de vos dégâts pas
pas ça passio passion de ga
coco kistico ga les dégâts pas
les pas pas passiopas passion
passion passioné né né
il est né de la né
de la néga ga de la néga
de la négation passion gra cra
crachez cra crachez sur vos nations cra

de la neige il est il est né
passionné né il est né
à la nage à la rage il
est né à la né à la nécronage cra rage il
il est né de la né de la néga
néga ga cra crachez de la né
de la ga pas néga négation passion
passionné nez passionném je
je t'ai je t'aime je
je je jet je t'ai jetez
je t'aime passionném t'aime
je t'aime je je jeu passion j'aime
passionné éé ém émer

émerger aimer je je j'aime
émer émerger é é pas
passi passi éééé ém
éme émersion passion
passionné é je
je t'ai je t'aime je t'aime
passe passio ô passio
passio ô ma gr
ma gra cra crachez sur les rations
ma grande ma gra ma té
ma té ma gra
ma grande ma té
ma terrible passion passionnée

je t'ai je terri terrible passio je
je je t'aime
je t'aime je t'ai je
t'aime aime aime je t'aime
passionné é aime je
t'aime passionném
je t'aime
passionnément aimante je
t'aime je t'aime passionnément
je t'ai je t'aime passionné né
je t'aime passionné
je t'aime passionnément je t'aime
je t'aime passio passionnément

A GORGE DÉNOUÉE

Accouplé à la *peur*
comme *Dieu* à l'*odieux*

le *cou* engendre le *couteau*

et le *Coupeur* de têtes
suspendu entre la tête et le corps

comme le *crime*
entre le *cri* et la *rime*

Accouplé à la *peur*
comme le *cri* au *crime*

le *cou* engendre le *couteau*

et le *Coupeur* de têtes
suspendu entre ma tête et son corps

comme l'*égorgeur* à la *gorge*

Accouplé à la *peur*
comme la *boue* à la *bouche*

le *cou* engendre le *couteau*

et le *Coupeur* de têtes
suspendu entre sa tête et mon corps

comme la *terreur* à l'*erreur*

Accouplé à la *peur*
comme le *sacré* au *massacre*
le *cou* engendre le *couteau*

et le *Coupeur* de têtes
suspendu entre sa tête et son corps

comme le *corbeau*
entre le *cor* et le *beau*

Accouplé à la *peur*
comme les *larmes*
entre mon initiale et ses *armes*

le *cou* engendre le *couteau*
et le *Coupeur* de têtes
suspendu entre ma tête et mon corps

comme la *vie* dans le *vide*

Accouplé à la *peur*
entre la *vie* et le *vide*

le *cou* engendre le *couteau*

et le *Coupeur* de têtes
suspendu entre la tête et le corps

éclaté de mou rire

TABLE

PUBLIÉS AILLEURS

LE VAMPIRE PASSIF
Éditions de l'Oubli, 1945

LES ORGIES DES QUANTA
Éditions de l'Oubli, 1946

AMPHITRITE
Éditions de l'Infra-Noir, 1947

LE SECRET DU VIDE ET DU PLEIN
Éditions de l'Infra-Noir, 1947

HÉROS-LIMITE
Le Soleil Noir, 1953

CE CHÂTEAU PRESSENTI
Méconnaissance, 1958

LA CLEF
Paris, 1960

L'EXTRÊME-OCCIDENTALE
Éditions Mayer, 1961

LE SORCIER NOIR
Paris, 1962

SEPT SLOGANS ONTOPHONIQUES
Éditions Brunidor, 1964

POÉSIE ÉLÉMENTAIRE
Éditions Brunidor, 1966

APOSTROPH' APOCALYPSE
Éditions Upiglio, 1967

SISYPHE GÉOMÈTRE
Éditions Givaudan, 1967

DROIT DE REGARD SUR LES IDÉES
Éditions Brunidor, 1967

DÉ-MONOLOGUE
Éditions Brunidor, 1969

LA FIN DU MONDE
Éditions Petithory, 1969

LE CHANT DE LA CARPE
Le Soleil Noir, 1973

PARALIPOMÈNES
Le Soleil Noir, 1976

THÉÂTRE DE BOUCHE
Criapl'e, 1984

ACHEVÉ D'IMPRIMER
EN SEPTEMBRE 2010
PAR L'IMPRIMERIE
DE LA MANUTENTION
A MAYENNE
FRANCE
N° 179-10

Dépôt légal : 3e trimestre 2010

DU MÊME AUTEUR

HÉROS-LIMITE

PARALIPOMÈNES

LE CHANT DE LA CARPE

THÉÂTRE DE BOUCHE

LA PROIE S'OMBRE

L'INVENTEUR DE L'AMOUR suivi de

LA MORT MORTE

LA VOICI LA VOIE SILANXIEUSE

UN LOUP À TRAVERS UNE LOUPE

LE VAMPIRE PASSIF

GHÉRASIM LUCA PAR GHÉRASIM LUCA

(double CD audio)

LEVÉE D'ÉCROU

COMMENT S'EN SORTIR SANS SORTIR

(DVD, un récital télévisuel réalisé par Raoul Sangla)

SEPT SLOGANS ONTOPHONIQUES